KB248481

늘　　보　고　픈　사　람

늘 보고픈 사람

—

개정판 1쇄   2013년 11월 18일
개정판 4쇄   2018년 4월 2일
지은이   용혜원
펴낸이   김영재
펴낸곳   책만드는집

—

주소   서울 마포구 양화로3길 99, 4층 (04022)
전화   3142-1585·6
팩스   336-8908
전자우편   chaekjip@naver.com
출판등록   1994년 1월 13일 제10-927호

—

* 이 책의 판권은 저작권자와 책만드는집에 있습니다. 이 책 내용의
  전부 또는 일부를 재사용하려면 양측의 동의를 받아야 합니다.
* 잘못 만들어진 책은 구입하신 서점에서 바꾸어 드립니다.

—

ISBN 978-89-7944-454-4 (03810)

책만드는집

늘 보고픈 사람

용혜원 시집

책만드는집

생명

살아 있으면 움직여야 한다

떠다니던 구름도 멈추면
비를 쏟아낼 수 없다

흘러내리던 강물도 멈추면
바다로 갈 수 없다

잘 자라던 나무도 성장을 멈추면
꽃을 피울 수 없다

애달픈 사랑도 멈추면
행복한 삶을 이룰 수 없다

살아 있으면 움직여야 한다

더 열심히 움직여
살아 있다는 것을 느껴야 한다

차례

사랑, 하나 그리움이 다시 시작되었습니다

내 가슴에 그리움의 호수가 파문을 일으킬 때
내 품에 안겨 들어오는 그대를 한 아름으로 꼭 껴안고 싶어진다

사랑, 하나

그리움이 다시 시작되었습니다

열쇠

내 사랑하는 이
마음을 활짝 열 수 있는
열쇠는 어디 있을까

사랑이라는
이름의 열쇠

열쇠

비가 내리면

비가 내리면
왠지 마음이 울적해집니다

이런 날 내리는 비는
나 대신 울어주는 것만 같아
마음이 더 서글퍼집니다

창밖으로
비 내리는 풍경을 보고 있으면
마음이 텅 빈 듯한 허전함에
그대가 보고 싶어집니다

내 마음을 움직이는 것은
그대이기에
내 마음을 사로잡은 것은
그대이기에
비가 내리면
더욱 그대가 그리워집니다

그날은

그날은 왠지
그대 곁을 떠날 수가 없었습니다
모든 것들이 멈춰진 채로
그대와 함께 있고만 싶었습니다

오늘이 지나가면
다시는 못 만날지도 모른다는 생각에
그 자리에서 일어설 수가 없었습니다

누군가를 만나고
누군가를 사랑한다는 것이
이렇게 안타까운 일인 줄 몰랐습니다

정해진 삶을 살아가야 하기에
마음이 이끄는 대로 살아갈 수 없기에
있어야 할 자리에 있어야 하기에
그날은 그대 곁을 떠나야 했습니다

그런 사랑을 하고 싶다

막막하고 지루한 삶에
힘을 북돋아주고
생기가 돌게 해주는 것이 사랑이다

지나친 집착 속에
혼자만의 욕심을 채우려하기보다는
감미로운 속삭임 속에
조화롭게 어울리는
그런 사랑을 하고 싶다

아무런 장해물도 없는
순수하고 맑고 깨끗한
멋과 낭만으로 남을 수 있는
그런 사랑을 하고 싶다

메마르고 거친 삶에
부족함 없이 흘러넘치는
그런 사랑을 하고 싶다

벅찬 감동 속에
놀라운 기쁨을 나눌 수 있고
무한한 자유를 누릴 수 있는
그런 멋진 사랑을 하고 싶다

오월이 오면

오월이 오면
내 시선이 가닿은 곳마다
장미꽃이 붉게붉게 피어난다

내 마음은 풍선처럼 부풀어올라
들뜬 마음에
사랑하는 이가 보고 싶어진다

푸른 하늘에서
찬란하게 쏟아져내린 햇살이
온 세상을 축복하고 있다

오월이 오면
내 마음도 붉은 장미꽃처럼
활짝 피우고 싶어진다

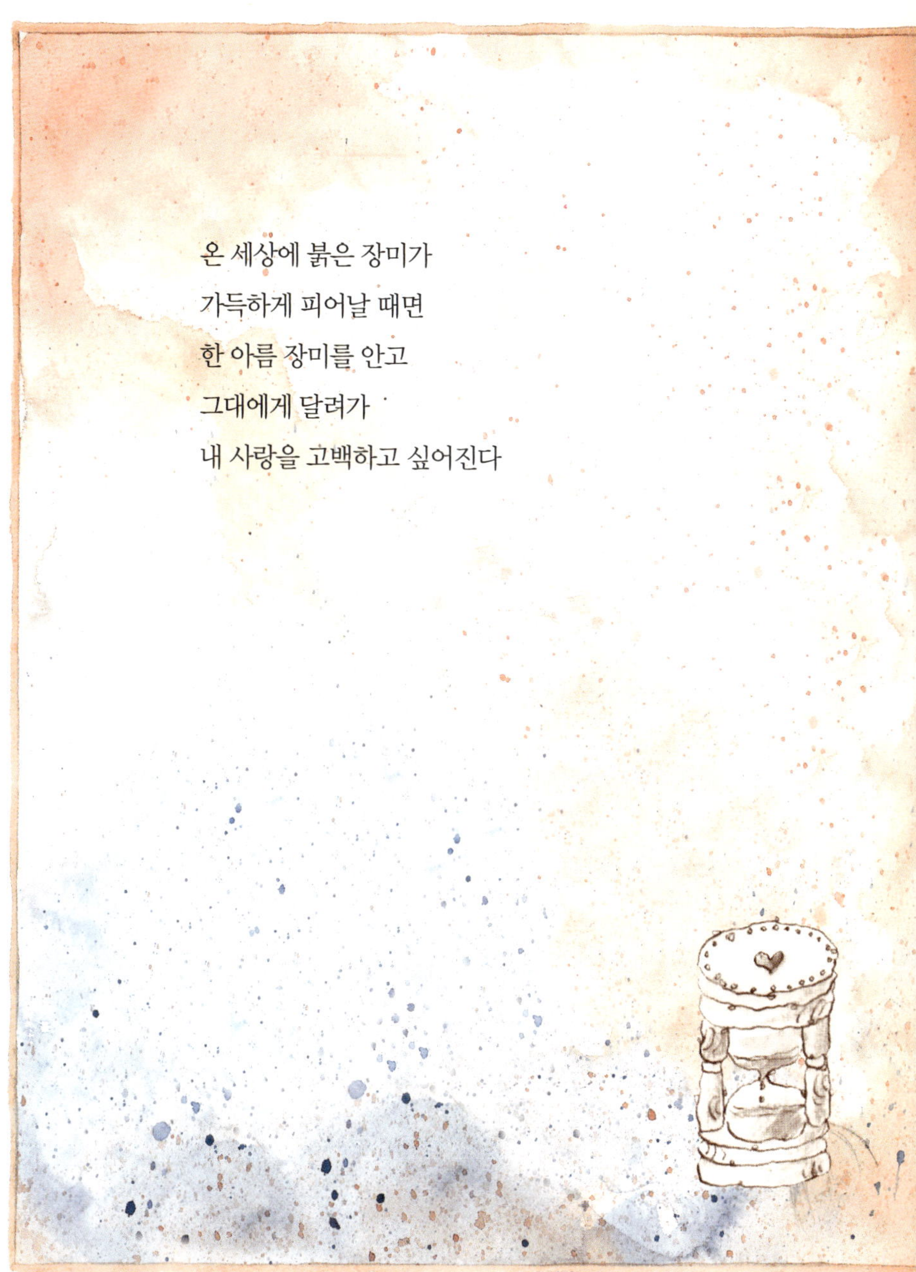

온 세상에 붉은 장미가
가득하게 피어날 때면
한 아름 장미를 안고
그대에게 달려가
내 사랑을 고백하고 싶어진다

내 곁을 떠나지 않는 너를

그대 향한 그리움이
앙상한 가지로만 남으면
어떻게 사랑을 꽃피울까

그대 향한 그리움을
단 한 번도 풀어보지 못하고
다 지워져버리면 어떻게 할까

그리움은 늘 상처만을 남기고
내 마음에 흘린 눈물 자국
그대에게 보여주고 싶다

얼마나 그리워했는지
얼마나 보고 싶어했는지
그대에게 보여주고 싶다

우리가 살아 있음으로
가슴이 아프고
우리가 살아 있음으로
사랑할 수 있다

내 곁을 떠나지 않는
그대를 사랑하는 것은
언제나 슬프고 기쁘다

그리움도 지나치면

내가 깨어 있는 동안에는
너를 바라보고 있다

내 마음을 투신해 들어오는 너는
그리움으로 눈물을 글썽이게 만든다

내 마음 속속들이 파고드는
보고픔 때문에
밤바람 소리조차
흐느끼는 소리로 들렸다

너를 볼 수도 만날 수도 없는 날은
내 가슴이 아프도록 찾아드는 너를
빈 가슴으로 꼭 안아버린다

그리움이 지나치면
고독이 되어
나를 고문한다

그리움도 지나치면

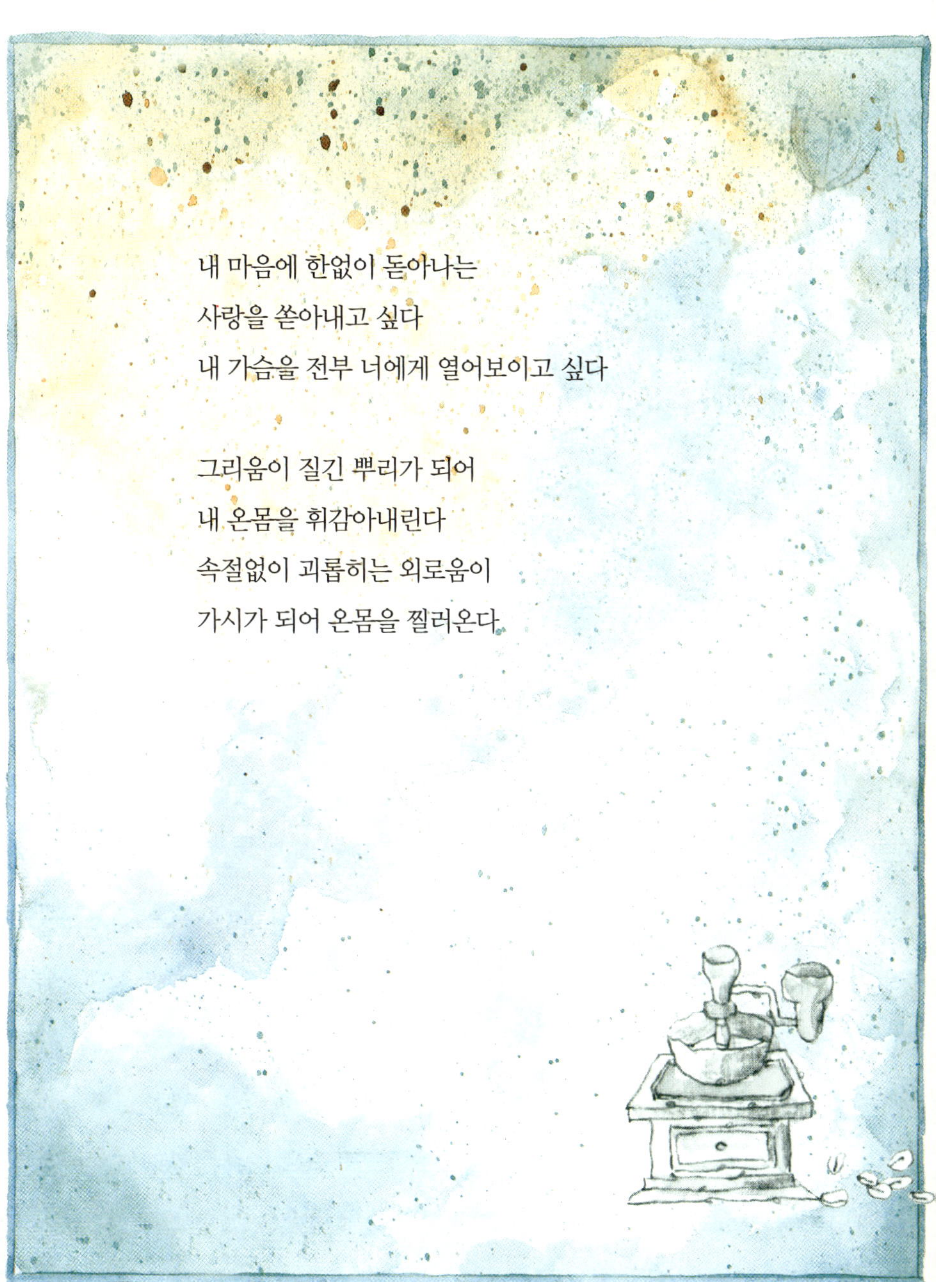

내 마음에 한없이 돋아나는
사랑을 쏟아내고 싶다
내 가슴을 전부 너에게 열어보이고 싶다

그리움이 질긴 뿌리가 되어
내 온몸을 휘감아내린다
속절없이 괴롭히는 외로움이
가시가 되어 온몸을 찔러온다

겨울비 내리던 날

우산 속에서 우리는
때 아닌 겨울비로
정겹다

어둠이 내린
겨울밤에 쏟아지는 비는
검은색이다

한없이 걷고만 싶었다
아무 말 하지 않아도
행복하다

비 내리는 겨울밤
그대만 곁에 있으면
내 마음은 분홍빛이다

그대와 함께 커피를 마시며
이야기를 나누다 보면
우리의 사랑도
내리는 겨울비에
촉촉이 젖어든다

사랑이 없다면

우리들의 삶이라는 숲에는
늘 사랑이 가득해야 한다

사랑이 없다면
모든 살아 있음이
일순간에 정지되어 버린다

사랑이 없다면
빛나는 눈빛을 만날 수 없다
뜨겁게 뛰던 심장도
싸늘하게 식어버려 멈춰버린다

사랑이 없다면
서로를 안을 수 있는
포근한 가슴도 없다

우리의 삶에 허망한 일이 생기지 않도록
우리들의 꿈을 만들고
크고 작은 사랑을
마음껏 나누며 살아가야 한다

지울 수 없는 사랑

처음 만난 순간부터
내 가슴을 뛰고
설레게 만든 그대는
내 눈 안에 가득 들어왔습니다

못 맺을 인연을 만난 듯이
그대는 외로움에 떨고 있는 새인 양
훨훨 날아가고 싶다 하지만
사랑하지 않고는 살 수 없는 나는
그대를 붙잡기가 너무나 힘이 듭니다

밤하늘에 떠 있는 수많은 별들을 보며
팔베개하고 누워 이야기를 나누고 싶지만
말없이 흘러간 세월처럼 돌아올 기색 없어
너무나 슬픈 나날을 보내고 있습니다

그리움이 파도처럼 몰려와
더욱 깊어지는데
그대의 숨소리를 듣고 살 수 있다면
그대의 품속에서 지울 수 없는
사랑의 무늬를 수놓고 싶습니다

그대 떠나던 날

그대 떠나던 날
내가 손을 흔든 것은
아쉬움이 남아 있었기 때문입니다

사랑 없는 삶은
너무나 안타까워
그대가 떠나기 전에 한순간만이라도
꼭 붙잡아놓고 싶었습니다

그대 떠나던 날
눈물이 채 마르기도 전에
그리움이 다시 시작되었습니다

그대 떠나던 날
세상의 모든 빛이 사라지고
온통 어둠뿐입니다

사랑보다 고귀한 것이 있을까

사랑보다 고귀한 것이 있을까
사랑보다 아름다운 것이 있을까
우리의 마음과 마음으로
이어지는 사랑은
영원히 잊을 수 없는
잊혀지지 않는 사랑이어라

사랑보다 감동적인 것이 있을까
사랑보다 여운이 남는 것이 있을까
우리의 가슴과 가슴으로
이어지는 사랑은
영원히 지울 수 없는
지워지지 않는 사랑이어라

우리의 사랑은 언제나 아름답다

내 가슴에
그대가 숨어 살고 있나 보다

그리움에 온몸이 지친 날이면
어느새 눈앞에
그대 얼굴이 보인다

봄 안개 자욱한 날에는
돌아올 길을 잃어버린
그대가 걸어올 것만 같다

내 가슴에
그리움의 호수가 파문을 일으킬 때
내 품에 안겨 들어오는 그대를
한 아름으로 꼭 껴안고 싶어진다

봄꽃이 다투어 피듯이
내 사랑도 활짝 피우고 싶다

잠 못 이루는 밤에도
내 마음속에 환하게 켜지는
그리움이라는 촛불을 끄고 싶지 않다
마주 바라보며 한없이 웃을 수 있는
우리의 사랑은 언제나 아름답다

그대를 사랑하므로

그대가 내 마음에
또렷하게 새겨져 있기에
나의 모든 열정을
분수처럼 뿜어내고 싶어집니다

쓸쓸하고 숨가쁜 삶
고통 가득한 부대낌 속에서도
잘 견딜 수 있음은
그대를 사랑하기 때문입니다

살아가며 순간순간 얻어지는
기쁨과 모든 기억이
다 잊혀진다 해도
우리들의 사랑은 아주 오랫동안
좋은 기억으로 남아 있었으면 좋겠습니다

늘 떠돌이였던 나는
그대에게 정착해서
사랑하는 일에만 몰두하고 싶어집니다

내 마음에 그대의 사랑이
강물처럼 흘러 들어오면
모든 것이 기대가 되고 힘이 넘칩니다

그대를 사랑하므로
닫혀 있던 내 삶이 활짝 열리고
나는 모든 것을 사랑하는 마음으로
살아갈 수 있습니다

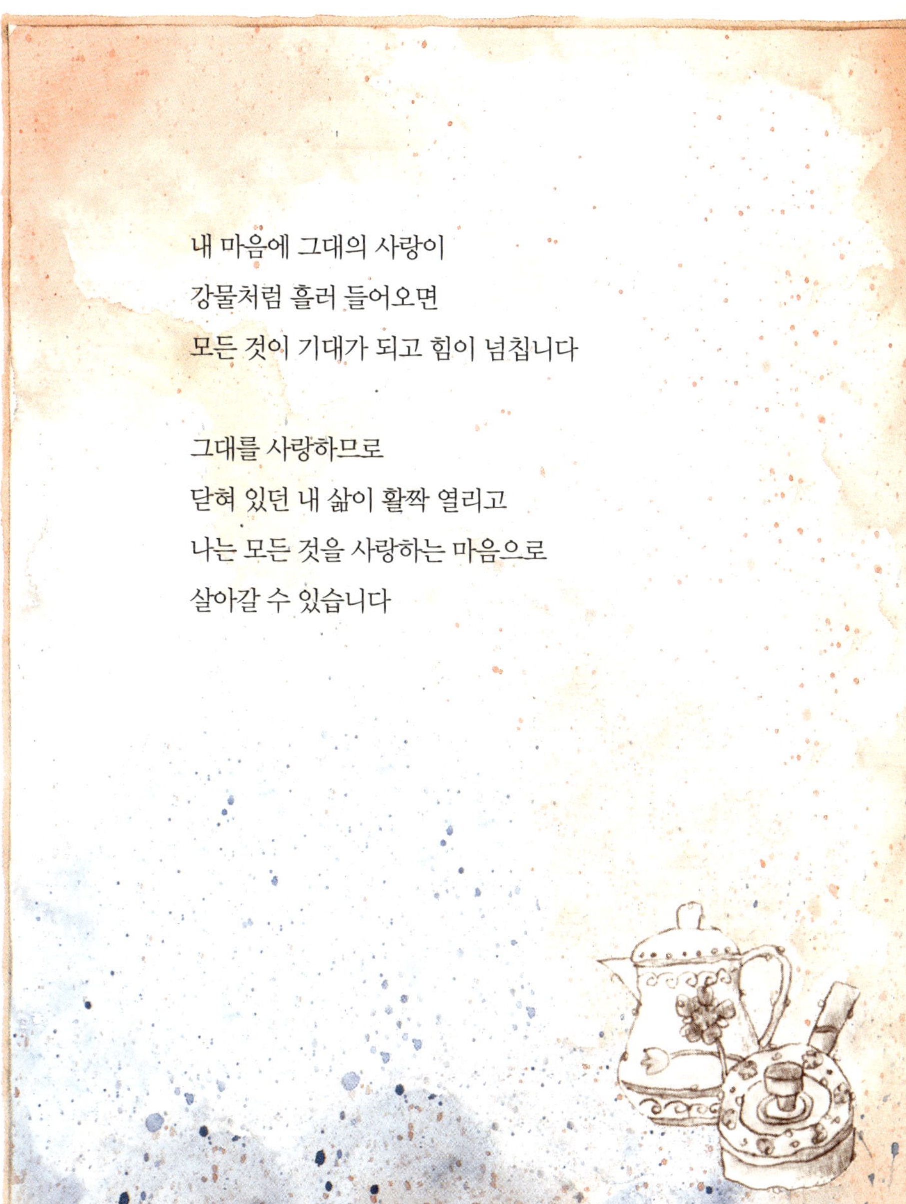

행복한 날

푸른 하늘만 바라보아도
행복한 날이 있습니다

그 하늘 아래서
그대와 함께 있으면
마냥 기뻐서
그대에게 고맙다는 말을 하고 싶어집니다

그대가 나에게 와주지 않았다면
내 마음은 아직도
빈 들판을 떠돌고 있을 것입니다

늘 나를 챙겨주고
늘 나를 걱정해 주는
그대 마음이 너무나 따뜻합니다

그대의 사랑을
내 마음에 담을 수 있어서
참으로 행복합니다

이 행복한 날에
그대도 내 마음을 알아주었으면 좋겠습니다
내가 얼마나 그대를 사랑하는지

그대와 함께 하는 날은
마음이 한결 더 가벼워지고
꿈만 같아 행복합니다

그대의 눈빛

그대 눈동자의
표정에 따라
내 삶의 모습이 달라진다

그대 눈동자가 슬프면
나도 슬프다
그대 눈동자가 기쁘면
나도 기쁘다

차가운 눈빛이 스쳐 지나갈 때면
너무나 멀게 느껴져
마음이 허전해 괴롭다

따스한 눈빛으로 바라볼 때면
내 마음에 다가오는 그대가 느껴져
행복하다

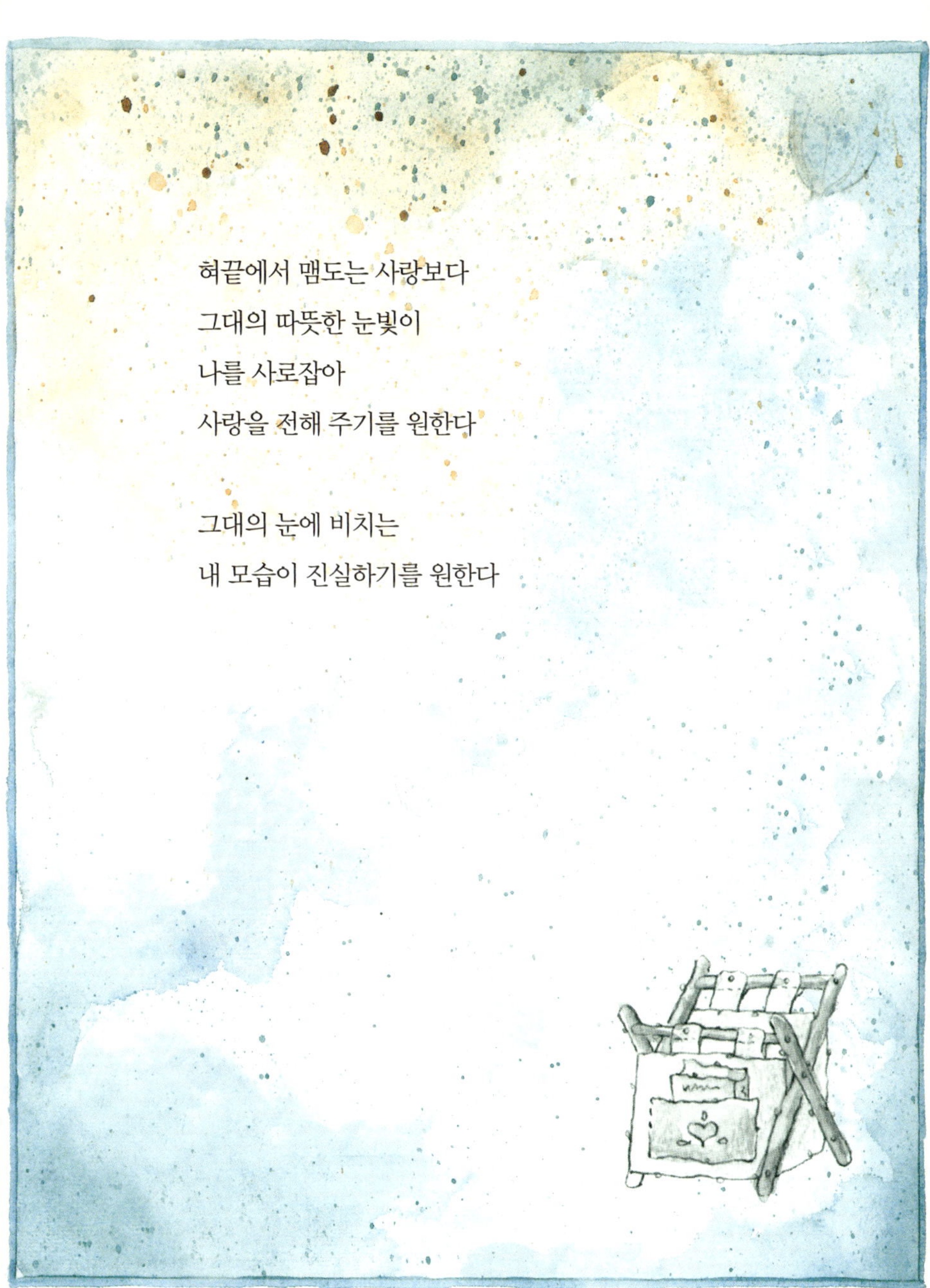

혀끝에서 맴도는 사랑보다
그대의 따뜻한 눈빛이
나를 사로잡아
사랑을 전해 주기를 원한다

그대의 눈에 비치는
내 모습이 진실하기를 원한다

사랑한다고 말하고 싶은 날은

내 마음이 외로워서
사랑한다고
사랑한다고
말하고 싶은 날은

네가 보고 싶어서
내 마음의 두 발을
동동 구른다

네가 보고 싶어서
미치도록 그리운 날은
너와 하나가 되고 싶어
너에게로 달려가고 싶다

내 마음이 외로워서
사랑한다고
사랑한다고
말하고 싶은 날은

이 지상에서 가장 행복한 사람

47

그대가 나로 인해 기뻐하면
내 마음은 날개를 달고
하늘로 날아오를 것만 같습니다

그대를 그리워하며
흘렸던 눈물도 마르고
마냥 행복해 웃고 또 웃습니다

내가 사랑하는 사람
그대가 나를 사랑한다고 말하면
나는 그 순간
이 지상에서 가장 행복한 사람이 됩니다

쉬지 않고 흘러가는 시간 속에 사랑이 시작되는 곳에서

삶이 끝나는 날까지 언제나 그대와 동행하고 싶습니다

사랑, 둘

사랑한다는 말도 못했는데……

꿈에서라도

꿈에서라도
그대를 볼까
잠을 청해 보았더니

낯선 곳이라
잠은 오지 않고

두 눈은
더 말똥말똥해지는데
그대 모습은 더 크게
다가온다

고독한 날은

고독한 날은
모든 것들이
쓸쓸해 보인다

나무들도 고독으로
잎사귀를 떨구고
공원의 벤치도
쓸쓸히 내려앉아 있다

고독한 날은
하늘에 떠 있는 달마저
덩그러니 외롭다

동행

그대를 생각하면
내 마음 깊은 곳까지 따뜻해집니다
나를 바라보고 있는
선한 눈망울을 보면 금방이라도
사랑한다고 고백할 것만 같습니다

그대의 이름을
가만히 부르면 보고픈 얼굴이 떠올라
가슴이 따뜻해집니다

내 마음을 감싸는
그대의 손길을 느낄 수 있고
날 사랑하고 있음을 알 수 있습니다

쉬지 않고 흘러가는 시간 속에
사랑이 시작되는 곳에서
삶이 끝나는 날까지
언제나 그대와 동행하고 싶습니다

동행

어디론가 떠나고 싶다

54

그대 붙잡지 말고 떠나보낼 걸 그랬다
무슨 미련이 남아 있다고
머뭇거리다가 가슴 깊이 아프도록
상처만 만들게 되었을까

멀어지면 멀어질수록
잊고 살기가 쉬웠을 텐데
그리움이 밀려오면
가끔씩 하늘이나 한번 보고
가만히 웃고나 말 것을

떠나려 할 때
영영 떠나버릴까 봐
가까이 두고픈 마음에
보내지 못해 망설이다가
어찌할 바를 모르게 되었다

떠나버렸을 때
몸부림치더라도
서러움에 울고 말았다면
가슴만 아프고 말았을 텐데
한번씩 떠올리는 추억으로 남겨두었을 텐데

아직도 밀물처럼 썰물처럼
수없이 오락가락하는 마음을
어찌할 수가 없어
어디론가 떠나고 싶다
어디론가 숨어버리고 싶다

더디 오는 사랑

늘 외로움뿐인데
누군가 돌담을 쌓아놓았는지
늘 보이지 않는 간격이 있어
우리는 서로를 깊이 안아주지 못했습니다

그리움의 가지를
수없이 잘라내어도
이미 뜨거워진
내 심장의 박동을 멈출 수가 없습니다

사랑의 분홍빛을 밝히고 싶은데
늘 더디 오는 사랑이라
그대에게로 가는 내 발걸음도
늘 더딘 발걸음이 되고 맙니다

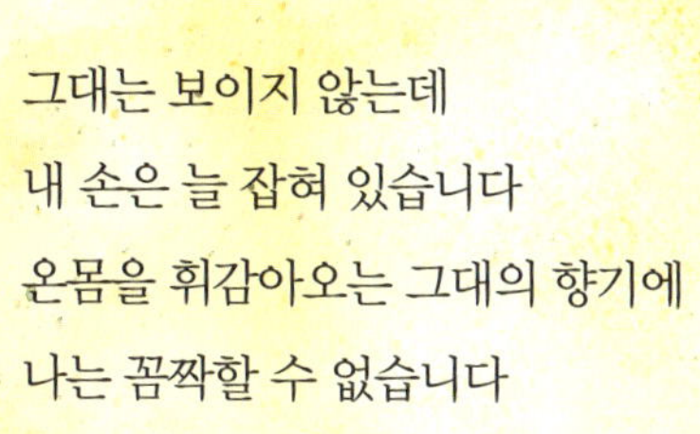

그대는 보이지 않는데
내 손은 늘 잡혀 있습니다
온몸을 휘감아오는 그대의 향기에
나는 꼼짝할 수 없습니다

하늘과 땅 사이에
한순간만이라도
우리 둘만 남아 있으면 좋을 듯싶었습니다

고백

모든 것을 다 잊어버리려고
아무런 미련 없이 떠나려고 하는데
내 저린 발목을 잡고 놓아주지 않습니다

그대가 날 붙잡고 있는 것이 아니라
나의 간절함이
가슴 젖도록 스며 있는 그대를
떠나보내지 못하고 있습니다

늘 혼자 안절부절못하는 나를
바보 같다고 생각했습니다
마음 한번 제대로 표현 못하면서
엉켜 있는 실타래처럼 풀어내지도 못합니다

사랑한다는 말도 못했는데
떠나버릴까 서러움만 가득해져
머뭇거리고 서성거렸더니
세월만 날아가 버린 새처럼 흘러가고
사랑하는 마음만 점점 더 커졌습니다

늘 부르고 싶은 그대를
마음에 품고 살아가기에
그대의 마음으로 들어가는 길을 만나면
내가 먼저 그대에게
사랑한다고 고백하고 싶습니다

가을에 고독할 수 있는 것은

가을에 고독할 수 있는 것은
감성이 살아 있는 것이다

고독하다는 것은
삶을 느끼며 산다는 것이다

지독한 외로움과
고독에 빠져들어 흘린 눈물이
진실한 삶을 살게 한다

모질게 괴롭히던 시련의 아픔과
간직하기에 너무나 슬픈 이별도
세월이 흘러가면 다 잊혀진다

나무들도 가을이 오면
단풍을 더 선명하게 물들여 떠나보낸다

고독할 때 느낀 절망감이
삶에 더 애착을 갖게 한다

가을에 고독한 것은
삶을 마음 깊이 느끼며
더 진실하게 살아갈 수 있는 것이다

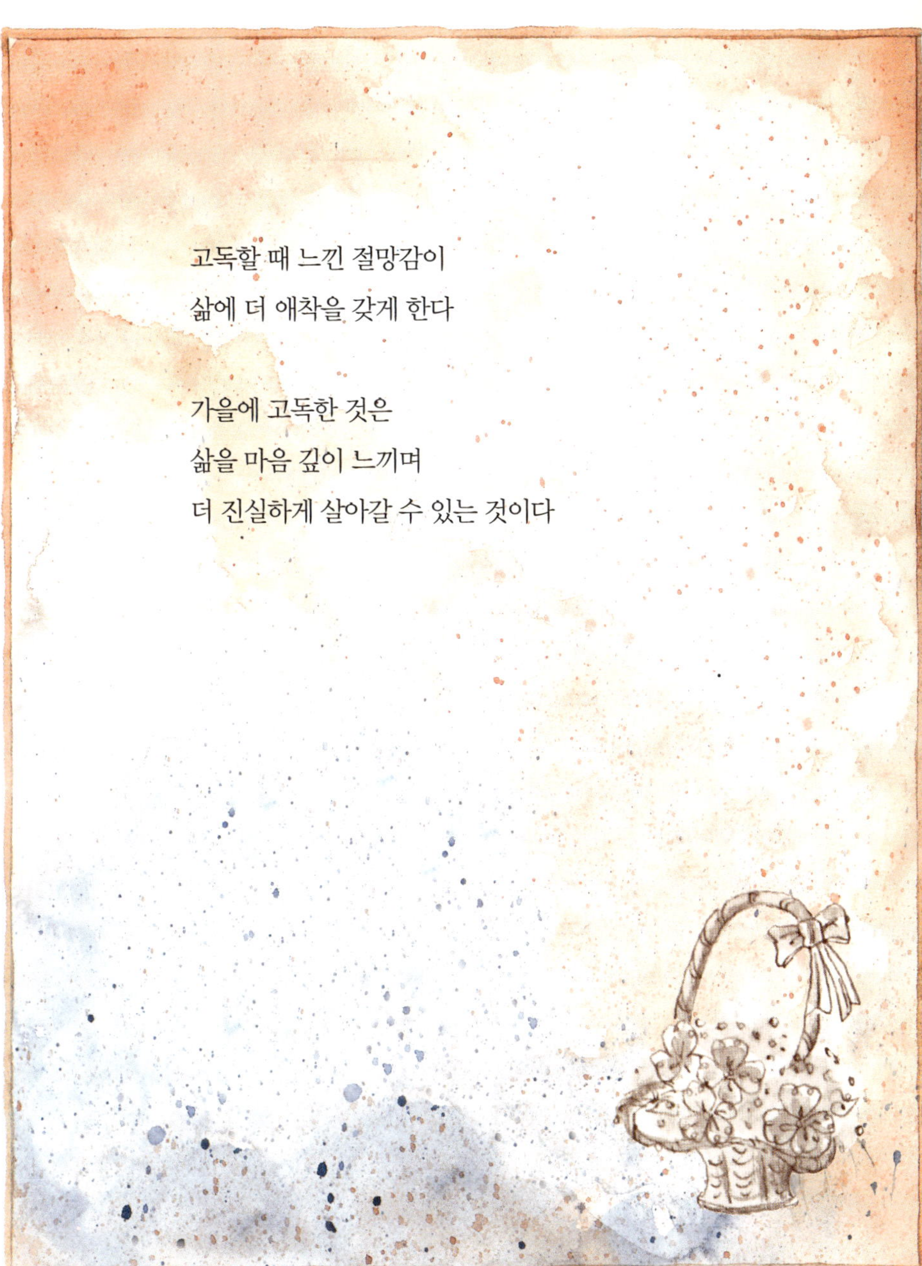

나 홀로 외롭기에

나 홀로는 외롭기에
함께 가야 할 길이
아무리 어렵고 험한 길이라 해도
그대가 원한다면 언제나 따라갈 것입니다

수많은 아픔과 고통이
나를 꽁꽁 묶어버리고
내 몸에 깊은 상처가 되어
촘촘히 박혀온다 해도 함께 갈 것입니다

그대의 맑고 환한 웃음을 볼 수 있다면
어떤 시련과 고통도 말끔히 지워버리겠습니다
내 눈가에 눈물이 핑 도는 감동이 있다면
마음에 가득한 앙금도 깨끗이 잊겠습니다

흘러가는 세월이 아무리 짧고 짧다 해도
내 마음을 다 풀어놓고
못다 한 사랑 이야기를 나누고 싶습니다

나 홀로는 외롭기에
함께 가야 할 길이
제대로 보이지 않더라도
그대가 원한다면 묵묵히 따라갈 것입니다

바람처럼 떠나버리면

떠나면서도
내 마음에 못질을 해야
속이 시원하겠습니까

내 마음속에
그대가 뿌려놓은
사랑의 씨앗은 돋아나
찬란하게 꽃 피웠는데
떠나버리면 찢어지는
내 마음은 어찌합니까

오래도록 사랑하겠다던
그 약속도 거짓입니까
언제까지나 내 곁에서 지켜주겠다던
그 다짐도 거짓입니까

내 마음을 달래주고 붙잡아주어

나는 쉴 곳을 찾아 행복했는데

바람처럼 떠나버리면

나는 어찌합니까

그대 떠난 길

내 손을 놓고
그대 떠나간
그 머나먼 길에 서면
까닭 모를 서러움의 눈물이
강처럼 흘러내립니다

내 마음을 떠나
그대 가버린
그 머나먼 길을 바라보면
시도 때도 없이 깜박이는 그리움이
꽃이 되어 피어납니다

추억의 가지 끝엔
항상 그대가 있습니다

외로움

바다가 만든 하나의 선
멀리 수평선이 보이는
겨울 바다

갈매기 한 마리
바위에 홀로 앉아
어디로 날아갈까
제자리에서
맴맴 돌고만 있다

외로움

세월도 가고 사랑도 간다

세월도 가고 사랑도 간다

막막한 세상에
그대의 눈매가
늘 정겹고 포근해
바라보면 가슴도 따뜻해진다

늘 마음이 허전했던 나는
흠뻑 젖어도 좋을 사랑에 빠져
내 마음의 길을 벗어나고 싶지 않았다

저 하늘에 떠가는 구름처럼
머물지 못하고
정 한번 제대로 주고받지 못해
남아 있는 그리움은 어떻게 하나
기댈 곳 없는 마음을 어찌할 수가 없다

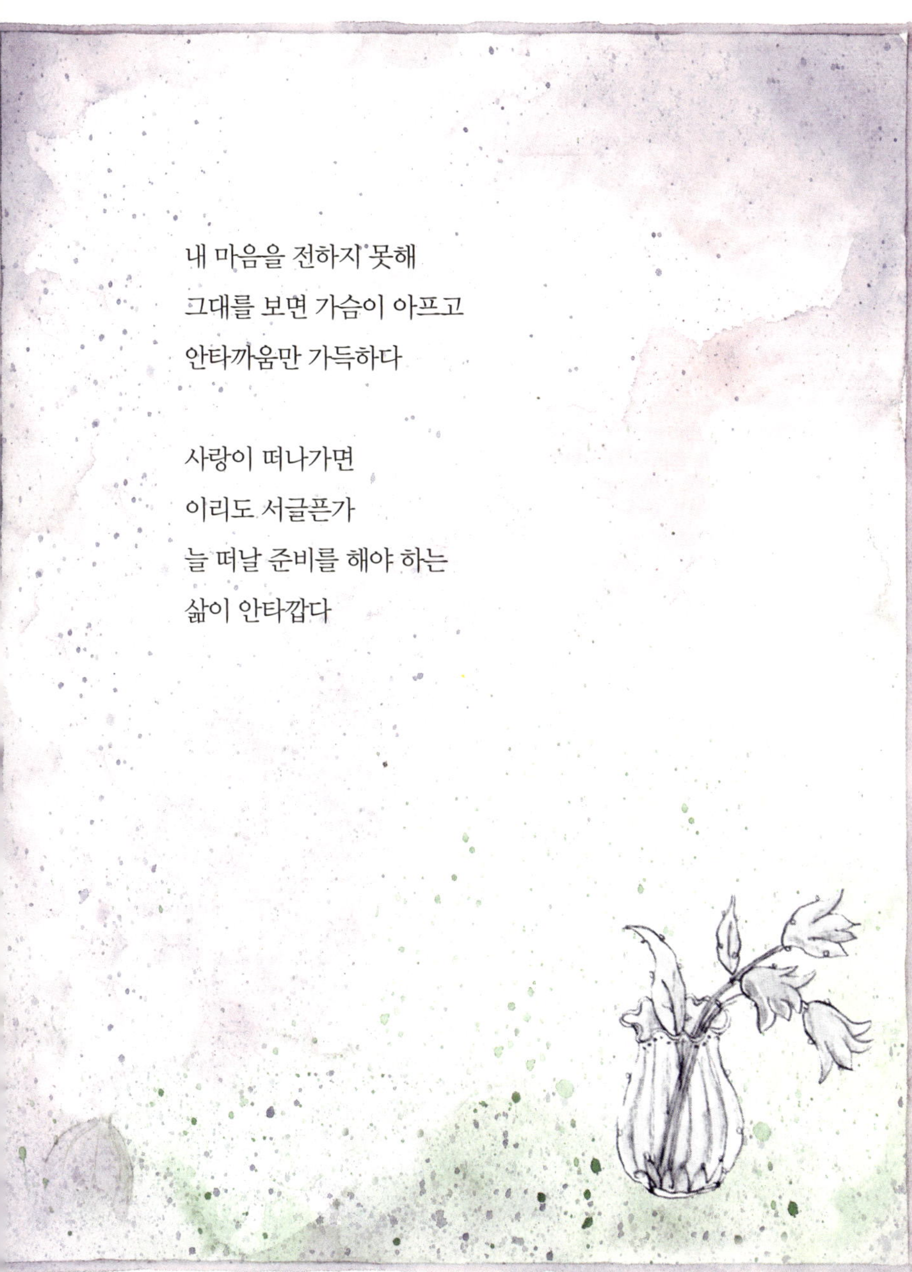

내 마음을 전하지 못해
그대를 보면 가슴이 아프고
안타까움만 가득하다

사랑이 떠나가면
이리도 서글픈가
늘 떠날 준비를 해야 하는
삶이 안타깝다

햇살 가득한 봄날

햇살 가득한 봄날
눈부시게 피어나는 꽃들은
저마다 미소를 띤다

꽃이 피면 누구나
마음이 부풀어오르고
떠나갔던 행복마저
다시 찾아올 것 같은 설레임에
꽃길을 걷고 싶어진다

산과 들에는 겨우내 움츠렸던 씨앗들이
그리움이 얼마나 가득했으면
고개를 쏙 내밀더니
연푸른 잎으로 온 땅을 덮고
하늘과 입맞춤을 시작한다

화창한 봄날
햇살이 번지면
거리에는 웃음이 가득하다
꽃이 피어나니 온갖 시름을 다 잊고
모두 다 웃음꽃을 활짝 피운다

4월

봄이 들판에 손을 뻗치면
초록을 예찬하는 노래가
곳곳에서 들려온다

버드나무 잎새의 연초록 빛깔이
만져보고 싶도록 아름답다

봄바람이
가슴에 불어온 사람들은
어디론가 떠나고 싶어한다

창문을 활짝 열게 하고
옷의 무게가 더 가벼워져
발걸음의 속도를 점점 더 가볍게 한다

4월엔
사랑하는 사람의 이름이
더 정답게 더 가까이
귓가에 들려온다

봄밤에

초록 향기 가득한
봄밤에는
바람이 불어가는 곳을
따라가고 싶다

어둠이 오면
모든 것들은 숨소리를 죽이고
내 마음은 출렁거리기 시작한다

밤꽃 피어나는
봄밤은
사랑하고픈 사람들의 마음을
설레게 한다

온 땅에 초록이 물들어
내 마음도 사랑으로 물들어간다

새벽에 잠 깨면

새벽에 잠 깨면
산책을 합니다

쓸데없는 생각에 빠져 있으면
하루의 시작이 상쾌하지 않기에
먼저 깨어난 기쁨으로
모든 것들을 새롭게 만나
삶의 소중함을 더 깊이 깨닫습니다

어둠이 슬그머니 사라져버리는
이른 새벽
달빛에 취해 잠들었던 모든 사물들이
일어나는 시간입니다

졸음 가득한 눈빛으로 반가워해 주는
내 곁에 있는 것들과 친근해지면
삶의 시작이 행복해집니다

참사랑이란

바라보는 눈빛이 늘 살아 있고
서로가 서로에게 마음을 열고
진실한 마음으로 사랑하는 것이다

하찮고 쓸데없는 것들에 이유를 달지 않고
거짓을 감추기 위해 변명을 일삼지 않으며
사사로운 일에 핑계를 대지 않으며
감싸주며 조화를 이루어가는 것이다

늘 성실하게 살아가며
깊은 속정을 가지고 따뜻함을 주고받으며
친절함으로 존중하며 배려해 주는
큰 포용력을 갖는 것이다

새순 돋듯이
가슴 한복판에 전율을 느끼도록
사랑의 감정에 휩싸여
깊이 빠져드는 것이다

좀 더 사랑할 걸 그랬습니다
좀 더 가까이 있어줄 걸 그랬습니다

사랑, 셋

꿈에서라도 만날 수만 있다면

그리움

79

내 마음에 살짝 들어와서
너는 꼼짝하지 않고
나갈 생각도 하지 않고 있으니
그리운 널 찾아 만나지 않으면
그만 병이 들고 말겠다

솔직한 마음

그대의 솔직한 마음
그대로
날 사랑해 주세요

모든 것을 다 준다 해도
거짓이라면
남는 것은 슬픔뿐입니다

외딴 섬

파도가 치는
망망대해 한가운데
외딴 섬 하나

그리움에 달구어진
마음을 식히려고
온몸을 바다에 담그고 있다

누구를 기다리기에
하늘을 향해
수면으로 얼굴만 내밀고
쓸쓸히 기다리고 있을까

우리 사랑이 깊어갈수록

우리 사랑이 깊어갈수록
행복한 줄만 알았더니
고통과 절망이 커다랗게 다가옵니다

안타까운 내 마음은
뜨겁게 달아오르지만
그대는 언제나
나에게서 도망치려 합니다

내 사랑은 언제쯤 싹이 돋을까
내 사랑은 언제쯤 꽃이 필까
내 사랑은 언제쯤 열매가 맺힐까

늘 걱정만 하게 하고
발만 동동 구르게 하는
그대를 왜 사랑하게 되었는지
나도 모르겠습니다

남들은 아무런 근심 걱정 없이 사랑하고 있는데
나는 왜 이토록 가슴 조이며
그대를 사랑해야만 합니까

봄이 오고 있다

봄이 오고 있다
봄이라 소리쳐 말하지 않아도
하늘도, 땅도, 강도, 들도,
봄빛을 띠기 시작한다

봄이 시작되면
아이들의 눈빛이 달라진다
아이들의 웃음소리가 달라진다
아이들의 목소리가 달라진다
봄은 벌써부터
아이들의 마음에 다가왔다

봄이 오고 있다
봄이 오는 발소리를 듣지 못해도
거리에서 만나는 연인들의 모습에서
봄을 느낄 수 있다
그들의 웃음소리가 꽃처럼 피어난다

장터에서 나물 파는 아주머니를 보면
봄을 느낄 수 있다
아주머니는 그 누구보다 먼저
새봄을 팔고 있다

봄이 오고 있다
창문을 열어야겠다
향긋한 봄내음을 맡고 싶다

외로운 계절

가을이 오자
비가 한 차례씩 내릴 때마다
바람의 찬 기운이 더해졌다

싸늘한 날씨만큼이나
외로움이 마음속을 파고든다

사람들의 옷차림에는
아직 여름의 흔적이 남아 있는데
쇼윈도는 가을색으로 물들어 있다

가을은 사랑하는 사람들의
발걸음을 가볍게 만들고
외로운 사람들의
발걸음을 더 무겁게 만든다

가을에 마시는 커피는
낙엽보다 더 먼저
내 마음을 물들인다

가을이다

일 년마다
어김없이 찾아오는
가을이다

가을을 마음에 담고 싶어
가을 길을 걸었더니
내 마음에 고독이 물든다

길을 걷다가 꼬마를 만나
눈을 찡긋했더니
아이의 볼이 금세 빨개졌다

내 마음을 들킨 것 같아
내 볼도 빨갛게 물들었다

가을이다

이 세상을 떠난 후에도

바닷가에서 붉게붉게 노을 지는
태양을 바라보았습니까
우리들의 삶도 황혼까지
붉게붉게 태우고 싶지 않습니까

살아 있는 모든 것들이 아름답듯이
우리들의 삶도 언제나
동행하는 기쁨 속에
살아가고 싶지 않습니까

우리들의 삶의 모든 날들을
아무런 부끄럼 없이
아무런 후회 없이 살아서
누구나 맞이해야 하는
죽음조차 아름답게 맞이하고 싶지 않습니까

노을이 져도 한동안
붉은 빛이 남아 있듯이
우리가 이 세상을 떠난 후에도
그리움이 남도록
아름답게 살아야 합니다

잠들지 못하는 밤

밤이 깊어갈수록
모든 걸 내려놓고 푹 잠들어야 하는데
밤하늘의 별들처럼
정신이 초롱초롱해져 잠들지 못했다

내 마음을 파고드는 것도 없는데
별 다른 이유도 없이
휴식을 가져야 할 시간들을 놓치고 말았다

시계를 바라보면
시곗바늘조차 졸음을 견디지 못해
더디게 돌아가는 것만 같다

이 깊은 밤
내 마음을 빼앗고
내 생각을 빼앗아 달아나
잠들지 못하게 하는 것은 무엇일까

어느새 나도
깊이 사랑을 느끼며
깊이 인생을 느끼며
사는 나이가 되었다는 것이다

모두 다 떠나는 사람들

모두 다 떠나는 사람들
이 세상에 무엇 하나 내 것이 있을까
떠날 때는 빈손인데

갈퀴로 긁어댄들 무엇하며
남김없이 털어내어 모은들 무엇할까

쓸쓸하지 않게
외롭지 않게
따뜻한 마음으로 살아갈 수 있다면
그 무엇이 부럽겠는가

흠뻑 빠져들어 사랑할 수 있고
마음 드러내어 기뻐할 수 있고
내 것을 나눌 수 있다면
이보다 더 무엇이 좋겠는가

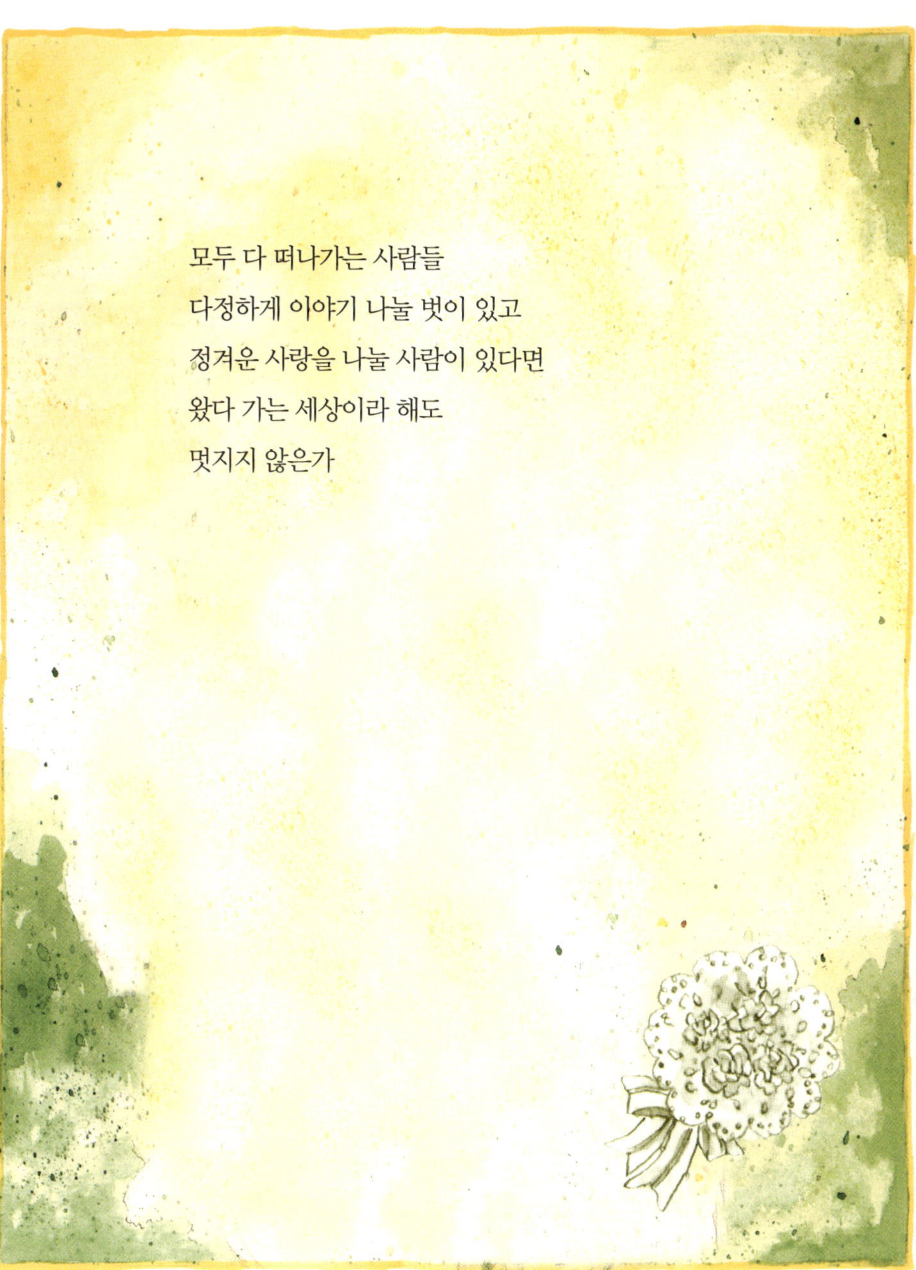

모두 다 떠나가는 사람들
다정하게 이야기 나눌 벗이 있고
정겨운 사랑을 나눌 사람이 있다면
왔다 가는 세상이라 해도
멋지지 않은가

홀로 있을 때

모든 것들이
어둠 속으로 떠나간 밤
환한 불빛 아래 홀로 있으면
조용히 떨리는 가슴으로
나를 들여다볼 수 있다

소용돌이치는 세상을 살아가기 위한
가식도 가면도 다 벗어버리고
혼자 남아 있다

사람들과 있을 때
겉모습의 화려함보다
홀로 있을 때가 더 진실하다

살아남기 위해
내 숨소리를 들으며
있는 그대로의 내 모습을
홀로 바라보고 있을 때
거짓 없는 나를 만날 수 있다

겨울 강

강추위에
꽁꽁 얼어붙었던 대지도

따스한 봄 햇살의
입맞춤에
스르르 녹아내리는지

겨울 강도
봄이 오는 길목으로
흐르고 있다

추억 속에 있는 꼬마

나의 추억 속에
맨발로 울고 서 있는
아주 작은 꼬마를 만납니다

그 꼬마는
어린 시절 내가 살던 집
문 앞에 서 있습니다

짓궂은 장난을 치다가
심하게 야단을 맞고 뛰어나와서
울고 서 있습니다

가만히 바라보았더니
그 꼬마는
어린 시절의 나였습니다

추억 속에 있는 꼬마

이별의 아픔

우리가 사랑으로
묶여지기를 바랐더니
이별로 풀어지고 말았다

떠나가 버린 서러움에
홀로 몸부림치지 않도록
사랑했던 순간들을
강물처럼 흘려버린다

사랑의 소리를 들을 수 없어
설레임은 사라지고
멀어져가는 발자국 소리에
기쁨도 사라지니
세상이 아무리
재미있게 돌아간들 무엇이 좋을까

이별의 아픔

힘없이 앉아 있는
내 모습을 바라보니
이별의 아픔만 더 커간다

아픔에 눈물로 목이 메고
슬픔에 빠진 나를
보이지 않는 곳에서
싸늘하게 바라보고만 있는 사람이
내가 사랑했던 사람일까

빗속을 걷다 보면

세차게 비가 쏟아져내리는
늦은 밤
갈 곳도 없는데
무작정 거리로 나가
천천히 걷고 싶다

우산을 써도
온몸이 비에 젖는데
마음은 젖어오지 않는다

살아 있어도 사는 것 같지가 않아
울적하다
모든 것들에게 버림받은 듯
허전하다
홀로 남겨진 것 같아
속 깊이 슬픔이 멍들어 있다

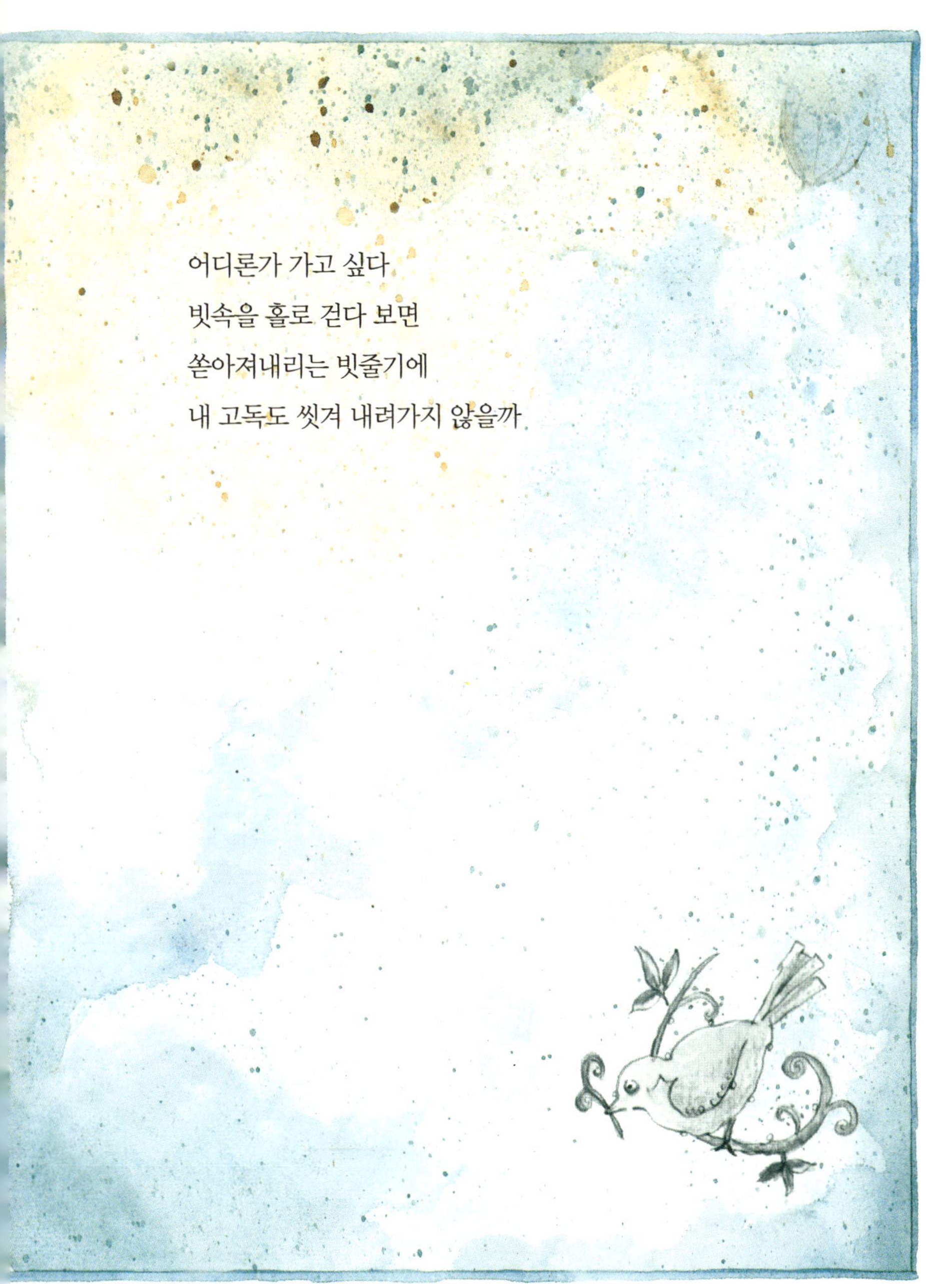

어디론가 가고 싶다
빗속을 홀로 걷다 보면
쏟아져내리는 빗줄기에
내 고독도 씻겨 내려가지 않을까

파도

서슬이 퍼렇게 살아 있는 바다가
그 넓은 가슴으로도
다 감당할 수 없는
그 무슨 비밀이 있기에
파도는 저리도 거세게 치는가

온몸으로 요동치고
솟구치며 밀려와
부서져내리는 파도를 보면
내 마음마저 뜨겁게 달아오른다

젊은이들의 열정처럼
끊임없이 다가와 내뿜는
하얀 포말은
끝없는 욕망을 보여준다

아무런 망설임 없이
거세게 거칠게
밀려온 파도라 해도
해변 모래알조차 한 움큼도 제대로
손에 못 쥐고 떠나가 버린다

죽음이라는 이별

이별할 시간이
다가오고 있습니다

오랫동안 함께 나눈
사랑과 즐거움도
아픔이 되어
가슴을 옥죄옵니다

시간이 지나고 흐를수록
아름다운 삶의 여행이 계속되리라
생각하며 살아왔는데

죽음이라는 이별이 다가오니
지나온 세월이 짧은 순간처럼 느껴져
아쉬운 마음에 모든 것들이
슬프게만 보입니다

좀 더 사랑할 걸 그랬습니다
좀 더 가까이 있어줄 걸 그랬습니다
그대가 항상 웃음 짓던 이유를
이제야 알 것만 같습니다

그대 떠나고 나면
한동안 그대의 얼굴을 지울 수 없어
나는 눈물에 젖어 있을 것입니다
그대를 내 마음에서 지울 수가 없습니다
내가 받았던 사랑을
내 삶이 다하는 날까지 나누며 살겠습니다

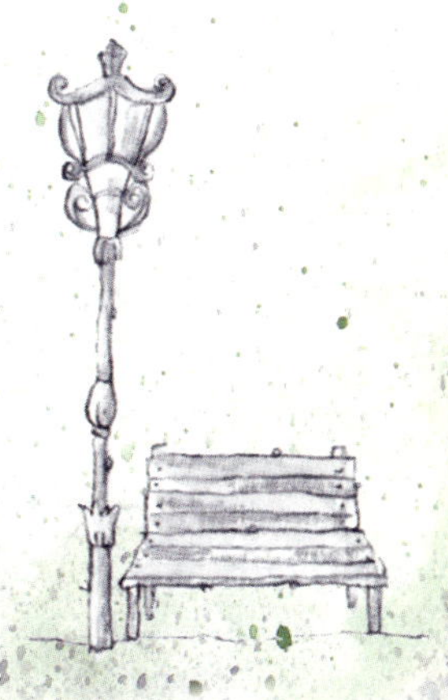

포천 초성리의 가을

가을이라는 계절이 곳곳에서
느껴지기 시작하는 9월에
포천 초성리에서
계곡물 흐르는 소리를 듣고 있다

가을이 시작되었는데도
여름 내내 비가 많이 내린 탓에
아직도 남아 있는
여름의 잔재들을 세차게 씻어내리고 있다

가을이 시작되었는데도
산은 아직 초록으로 가득하다

산은 언제나 조화의 아름다움으로
절경을 만들어낸다
숲이 울창한 산을 바라보면
기분이 상쾌해진다

가을 포천 초성리 숙소에서 잠을 청하니
흘러가는 계곡 물소리에
나는 마치 계곡 위에 누워 있는 듯한
착각에 빠져들고 있었다

그대가 행복해하며 하얀 웃음 터뜨릴 곳이라면 어디라도 떠나고 싶다

사랑, 넷

그대와 함께 하는 날은

순간 포착

평범하게 살고 싶지 않다
세포 하나하나가
살아 움직이는
활력 넘치는 삶을 살아야 한다

무의미하게 살고 싶지 않다
삶의 순간순간마다
가슴 찡한 감동을 만들어야 한다

가포 해변 노트르담 카페에서

4월을 떠나보내는 봄비가
온 대지를 촉촉이 적시던 날
가포 해변 노트르담 카페에서
한 잔의 커피를 마신다

곳곳에 이국적인 분위기를 자아내는
조형물이 있고
창밖을 통해 바다가
눈앞에 다가온다

바다를 바라보면
늘 그리움이 밀려온다
거센 파도가 치지 않는 바다엔
사랑을 속삭이는 연인들이
사랑의 길을 찾아온다
둘의 사랑이 언제나
잔잔하기를 원하기 때문이다

봄비는 4월을 떠나보내고

나는 한잔의 커피에

오늘 하루의 삶을 떠나보낸다

청주 가로수 길을 지나며

오월의 장미가 활짝 피어나는 계절에
청주 가로수길을 지나며
나무들이 연출하는
멋진 풍경을 바라보았습니다

초록이 번지며 만들어내는 순수함이
내 마음에 배어
마냥 행복했습니다

나뭇잎 사이로 비치는 햇살이
축복처럼 느껴지고
그 길을 지나는 순간만큼은
영화 속 한 장면 같다는 생각도 했습니다

잠시 스쳐가는 길이지만
이 순간만큼은 나를 위해
만들어놓은 길 같았습니다

사랑을 고백하고픈 사람이 있다면
청주 가로수 길에서 고백하면
그 사랑은 이루어질 것입니다
바로 그 주인공이 나라면
어떨까 하는 생각을 했습니다

하늘 맑은 오월에
청주 가로수 길을 지나는 나는
어린아이처럼 마냥 즐거웠습니다

금산사 벚꽃

기나긴 세월을 거쳐와
쇠락한 고목에서도
벚꽃만은 세월을 붙잡아놓은 듯이
젊게 피었다

절간 한쪽엔
대나무가 곧게곧게
하늘을 향해 자라고 있다

'산중다원'에서
24절기 중 곡우 전후에 따는
첫 차로 우전을 마시니
맛이 부드럽고 녹차 향이 그윽하다

'차를 마시고 나면 얻는 삼덕'이라는
글귀에 마음이 편해진다

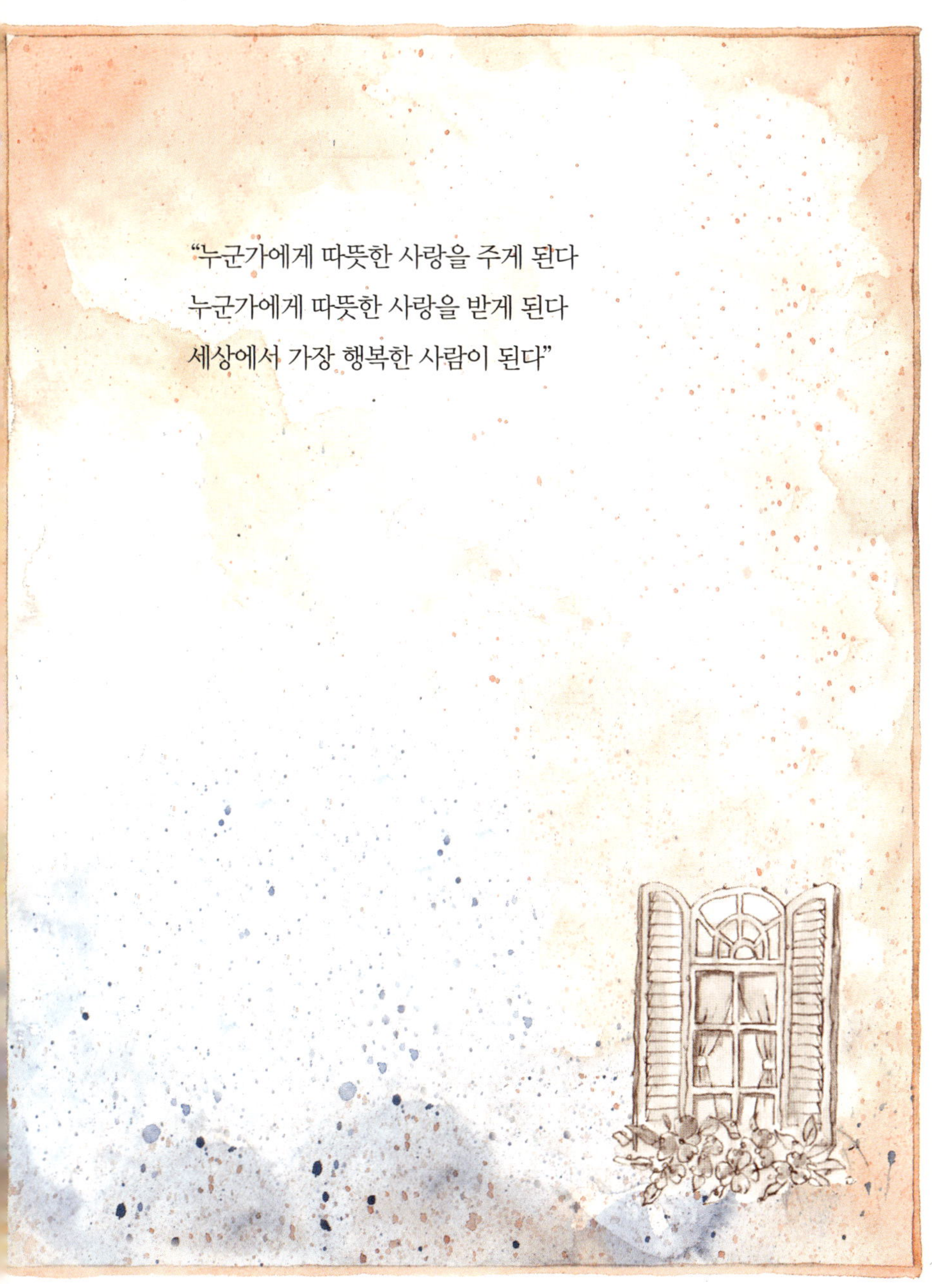

"누군가에게 따뜻한 사랑을 주게 된다
누군가에게 따뜻한 사랑을 받게 된다
세상에서 가장 행복한 사람이 된다"

대부도에서

비온 후 하늘 푸른 오월에
대부도에서
싱싱한 바다를 만났다

푸른 바다를 바라만 보아도
가슴이 열린 듯이 시원해지고
복잡했던 머릿속이 맑아진다

물 빠진 바닷가에서
조개 잡는 사람들
다정한 친구처럼 정겨운 섬들
모두 다 반갑다

일상을 멈추고 잠시 찾아온
오월의 바닷가
아는 사람 하나 없어도 모두 다 친근해진다

청풍 도로를 지나며

충주호가 바라다보이는
첩첩산중에 아름다운 도로가 있다

산 돌아가며
봄 구경을 할 수 있으니
내 마음에도 봄꽃이 피어난 듯
향기가 나는 듯하다

도로 옆으로 벚꽃이 피어
오가는 사람들의
마음을 불러내어
꽃핀 봄을 노래한다

비단으로 수놓았다 해서
금수산이라 부르는 산에는
그럴 듯한 남근석이 있어
몸에 열꽃이 핀 여인네들이 오르며
가슴을 애태운다고 한다

백운산 가는 길

하나님이 투덕투덕
만져놓은 듯한 작은 산들이
눈앞에 한가로이 앉아 있다

얕은 산등성이로 펼쳐진
하늘빛이 푸르고 상쾌하다

봄 온다는 소식보다
고로쇠물 소식이 먼저 와
봄인 양 사람들에게 오라 손짓하고 있다

사계절 내내 사람들의 발길이
끊이지 않고 이어지는 곳
백운산이 좋아 사람들이 찾아든다

산의 마음을 알려주며
흘러내리는 물줄기
옥룡계곡이 사람들의 발목 가까이
흘러내리고 있다

결혼을 축하합니다

하늘이 온 세상을 축복하듯이
하얀 눈이 펑펑 내리는 계절에
사랑과 축복으로
두 분의 결혼을 축하합니다

혼자였을 때의
외로움과 고독을 기억하며
서로 사랑해 주고
서로 아껴주고
서로 감싸주며
결혼이라는 꽃을
활짝 피우기를 바랍니다

사랑은 홀로 이룰 수 없는 것입니다
기다림과 견딤과 이겨냄으로
두 분으로 시작된
온 가족의 꿈이 이루어져
행복한 가정의 본보기가 되기를 원합니다

지금부터
하루하루 한 달 한 달
일 년 일 년 평생의 날들이
살수록 너무 좋아
행복하기만 한 부부가 되기를 원합니다

행복하세요
두 분의 결혼을 축하합니다
행복하세요
두 분의 결혼을 축하합니다

어디론가 떠나고 싶다

내 마음 한복판에 자리 잡고
늘 그 자리에 앉아 있는
그대를 불러내어
손잡고 어디론가 떠나고 싶다

산천을 둘러보고 마음껏 소리쳐볼
깊은 산으로 들어갈까
망망대해 먼 수평선에 손 흔들어볼
머나먼 섬으로 갈까

우리 두 사람
마음껏 사랑할 수 있는 곳이라면
어디론가 떠나고 싶다

그대가 행복해하며 하얀
웃음 터뜨릴 곳이라면
어디라도 떠나고 싶다

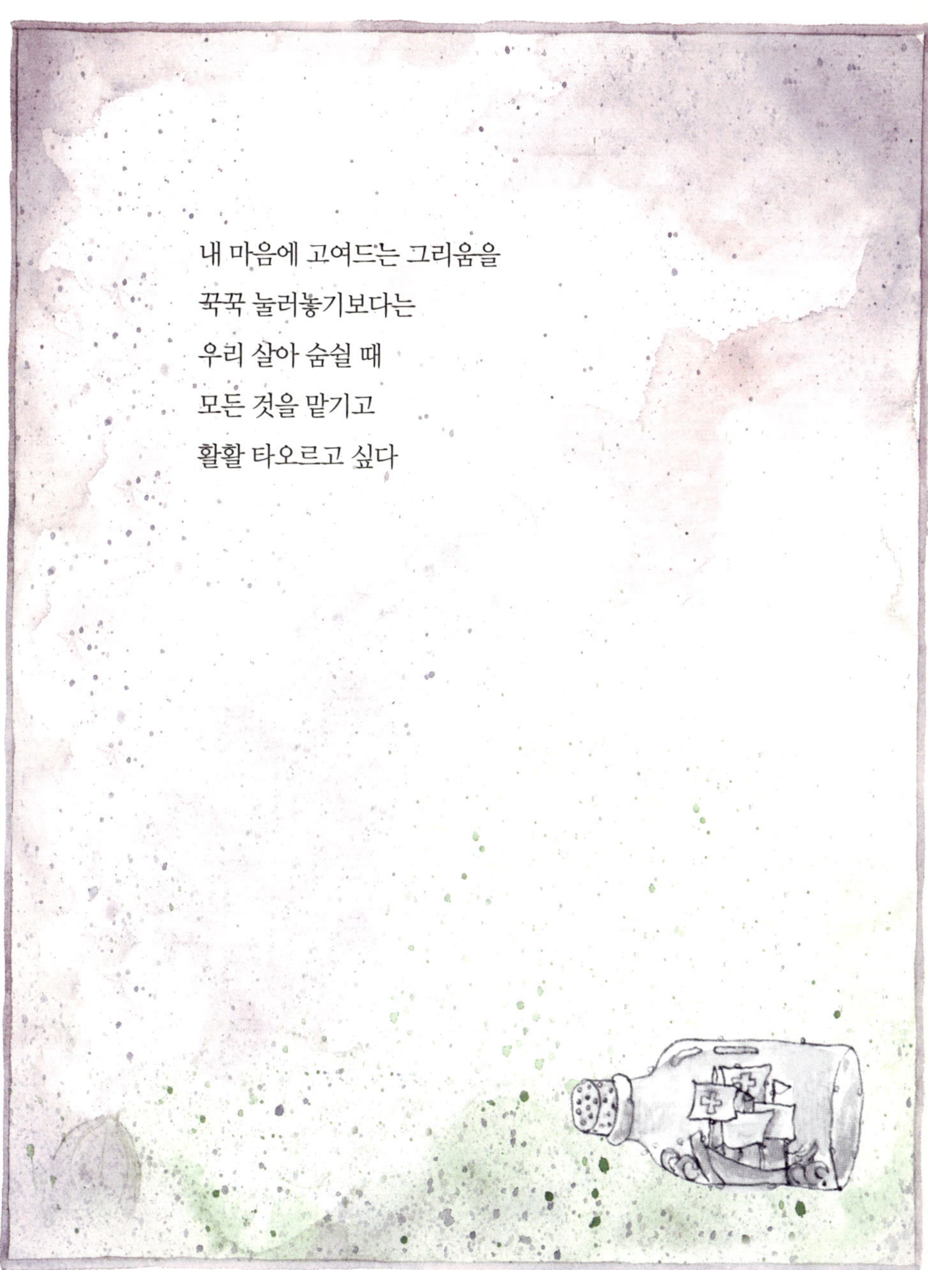

내 마음에 고여드는 그리움을
꾹꾹 눌러놓기보다는
우리 살아 숨쉴 때
모든 것을 맡기고
활활 타오르고 싶다

우리는 어디로 가는 것일까

세상살이 모두 다
똑같이 되풀이되는데
대단한 듯 떠들어대는 이유는 무엇일까
허무한 탓일까
허전한 탓일까

우리는 모두 다
죽음을 향해 가고 있다

모두 다 울다가 웃고
모두 다 웃다가 울고
슬픈 삶을 살고 있는데
아는 듯 모르는 듯
떠들썩하게 살아가고 있다

세상살이 모두 다 똑같이
고되고 거칠 뿐인데
분명한 듯 확신하는 이유는 무엇일까
고독한 탓일까
비참한 탓일까

살수록 더 소중해지는 삶
죽음을 알기에
더 버티고 싶은 것이다
죽음을 알기에
더 살고 싶은 것이다

길 밖에서 만난 사람

가야 할 길이 아닌
길 밖에서 만난 사람을 그리워한다는 것은
고통을 안고 살아가는 것입니다

호기심을 불러일으키는 달콤함에 착각을 일으켜
은밀한 공간 속에서 애틋하게 파고들어도
모든 것은 허상일 뿐
유혹에 빠져 들어가는 것입니다

거짓 사랑에 빠진다는 것은
늘 마음을 졸이며 사는 것입니다
낭비하는 삶을 살았던 것이기에
지나고 나면 남는 것은 후회뿐입니다

너 없으면 못살겠다는 말도 한순간
뭉게구름 몇 조각
마음에 떠 있다 사라지듯
지나고 나면 쓴웃음만 남아 있습니다

삶이 춥다

혹한의 겨울
찬바람 부는 거리를
홀로 걸으며 귓불이 빨개지도록
온몸으로 추위를 느낀다

외로움에 떨고 있는 사람에게
굶주림에 떨고 있는 사람에게
감당할 수 없는 고통으로
맨 가슴을 치도록 만드는
삶의 추위가 매섭다

이 낯선 세상에서
고독한 나에게도
뼛속까지 찬바람이 불어와
삶이 춥다

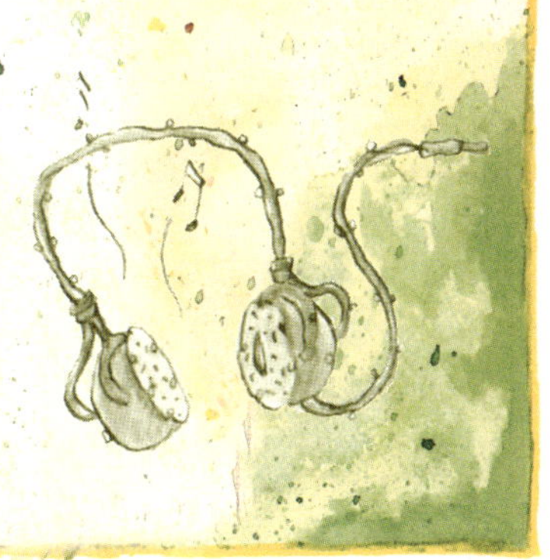

가을 들판

알곡들이 노랗게 익어가는
가을 들판에
허수아비들의
춤판이 벌어졌다

풍년이 왔다는 소식에
온종일 춤을 추다
힘이 들었는지
모두 다 춤을 멈추고
그대로 서 있다

가을 들녘은
허수아비들의 전시장
표정도 생김새도 제각각이다

넉넉함 속에 희망으로 익어가는
가을 들판에서
허수아비들이 한 목소리로
풍년이 왔다고
소리치고 있다

모항 마을

사랑하는 이에게 받은
그림엽서에서 보았던 포구 마을이
눈앞에 펼쳐져 있다

바닷물이 하늘빛을
그대로 받고 있어
참 푸르다

물 빠진 갯벌엔 갈매기들이
한가롭게 먹이를
찾아다니고 있다

등대 주위엔 낚시꾼들이
낚싯줄을 드리우고
바다와 이야기를 나눈다

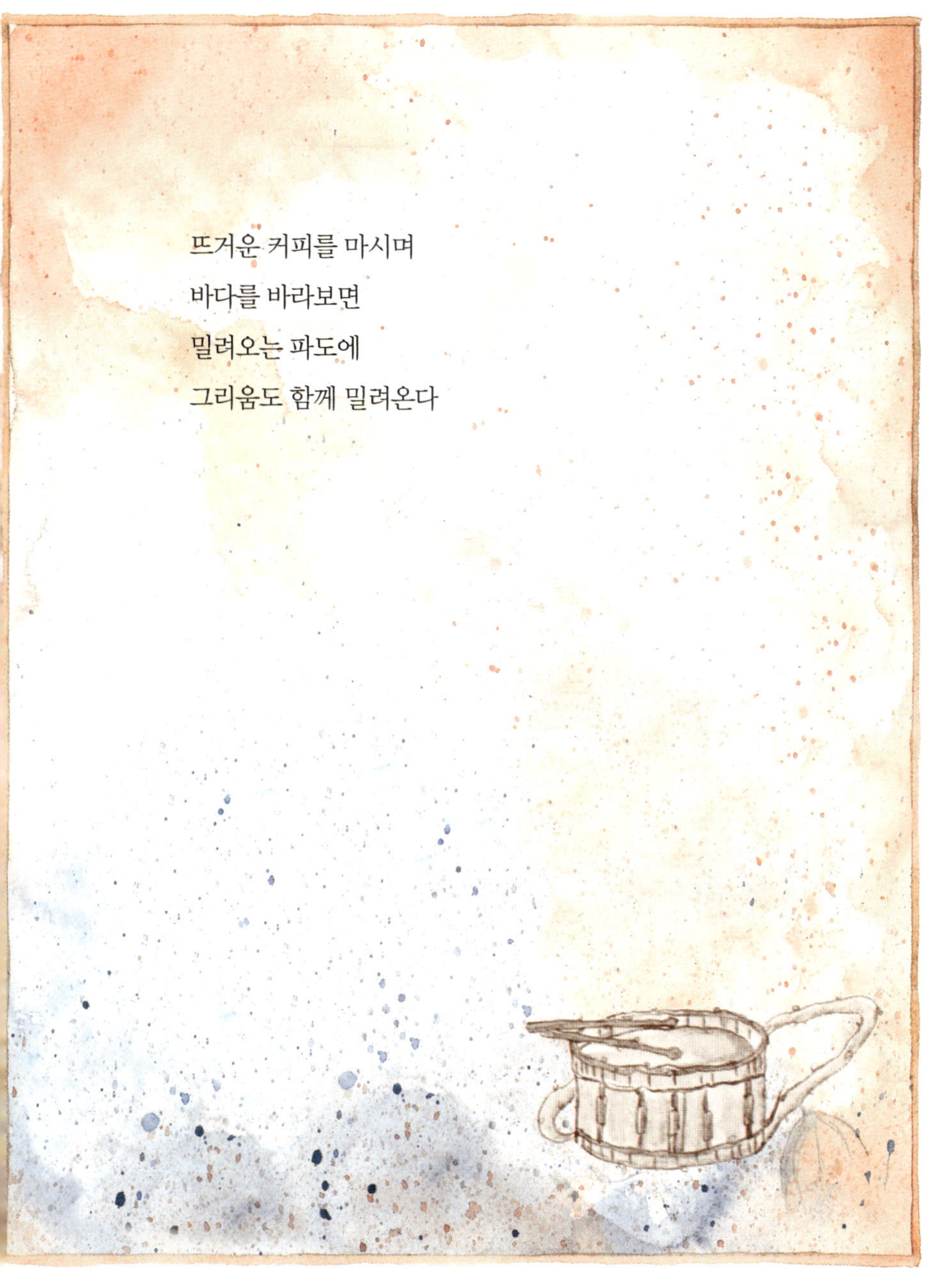

뜨거운 커피를 마시며
바다를 바라보면
밀려오는 파도에
그리움도 함께 밀려온다

잃어버린 가을

고층 아파트

높으면 높을 수록
가을을 잃어버렸다

귀뚜라미 소리가
들리지 않는다